I0546622

NOTICE

SUR

LA VIE ET LES TRAVAUX

DE

M. FÉLIX LEQUIEN

Conseiller-Maître à la Cour des Comptes, Membre de la Commission des Antiquités
départementales du Pas-de-Calais

PAR M. DANCOISNE

MEMBRE DE LA MÊME COMMISSION

ARRAS

TYPOGRAPHIE D'AUGUSTE TIERNY, RUE DU VENT-DE-BISE, 16

—

1866

NOTICE SUR LA VIE ET LES TRAVAUX

DE

M. FÉLIX LEQUIEN

Conseiller-Maitre à la Cour des Comptes, Membre de la Commission
des Antiquités du departement du Pas-de-Calais.

Des juges compétents ont solennellement parlé de cette belle
existence, de cette vie si admirablement remplie. M. Dele-
becque, l'ami de M. Lequien et son successeur au Corps législatif, a rappelé sur sa tombe les services rendus par l'avocat,
par le sous préfet, par le député, à l'arrondissement de Béthune,
qui lui doit tout et n'oubliera jamais l'auteur des améliorations
morales et matérielles dont il jouit. M. Devinck, également son
ami, et son successeur dans la haute position de président de
la commission du budget, a proclamé et loué ses travaux par-
lementaires. Quelques jours après, M. Bailly, le président de
la cour des comptes, a dit avec l'autorité qui lui appartient,
quel vide la perte de M. Lequien a laissé dans cette illustre
compagnie.

M. Félix Lequien naquit à St-Omer, le 11 août 1798. Son
père, M. Henri Lequien, l'honnête homme par excellence, était
licencié en droit, savant jurisconsulte, avoué plaidant près le
tribunal de première instance de St-Omer, puis près celui de
Béthune. Sa mère, Anastasie Posteaux, modèle de toutes les
vertus, se faisant remarquer par l'élévation de son âme et par la
bonté de son cœur.

Les parents de Félix savaient que l'avenir de leur enfant était
entre leurs mains ; aussi développèrent-ils ses heureuses qualités par de sages conseils et les meilleurs exemples. C'est avec

la plus vive sollicitude qu'ils cultivèrent cette jeune intelligence, et de bonne heure ils lui inspirèrent le goût du travail. Félix était un bel enfant qui faisait l'envie de bien des mères ; son bon naturel, son caractère ouvert, sa douceur pleine de charmes le faisaient chérir de tous ceux qui l'approchaient.

Le jeune Lequien fit une partie de ses études à Haubourdin, dans une institution particulière. Il s'y distingua moins par son aptitude que par son ardeur pour le travail ; il passait souvent ses récréations à préparer ses devoirs et se montrait toujours l'élève le plus attentif. Son intelligence ne fut pas très-précoce, ce qui prouve que les esprits les plus solides ne se forment d'ordinaire qu'avec le temps et peu à peu, et que pour pouvoir rendre un jour des services sérieux à la société, il est indispensable de s'y préparer par le travail.

Il entra ensuite comme externe en troisième au lycée de Douai. Son goût le portait plus particulièrement vers les sciences exactes, mais il ne négligea pas toutefois les autres parties de l'enseignement. Il y termina ses classes, et il subit avec succès les épreuves du baccalauréat.

En 1817, le bachelier de dix-neuf ans fut envoyé à Paris pour y faire son droit ; il y passa trois années dans la compagnie intime de son cousin germain, M. Emile Leroy, qui se distingua plus tard à Douai comme avocat et comme maire. Dès la seconde année de leur séjour à Paris, les deux étudiants avaient organisé des conférences où ils prirent l'habitude de la discussion. Ces exercices les formèrent vite à la pratique si difficile de cette profession dans laquelle, sous peine d'insuccès, il est nécessaire de savoir être maître de sa parole et sûr de sa pensée, ce qui veut dire : posséder à fond sa matière et toujours se posséder soi-même.

Ces mêmes exercices servirent tout d'abord au jeune Lequien au jour de ses examens et de sa thèse : il obtint alors toutes boules blanches, première et douce récompense, prélude de ses succès prochains et durables.

En 1820, il rentrait à Béthune, sa ville adoptive, et s'y faisait inscrire sur le tableau de l'ordre des avocats ; bientôt après son vieux père lui cédait son cabinet pourvu d'une nombreuse clientèle.

Le cœur de Félix avait été cruellement éprouvé dans la seconde année de son droit. Sa mère, qu'il aimait tant, venait de lui être ravie. Oh! combien sa douleur fut vive et sa tristesse profonde! Que de larmes et de regrets! Quelques années plus tard, un nouveau malheur devait encore l'atteindre. Son vénérable père, qu'entourait l'estime publique, mourait victime d'un accident déplorable. Qui redira la désolation de ce pauvre fils ainsi privé de ce double appui, si nécessaire encore à son inexpérience ?

Obligé d'agir par lui-même à l'âge où tant d'hommes ont encore pour longtemps ces guides sûrs et ces amis vrais, M. Lequien se mit à l'œuvre avec résolution et courage. L'étude était pour lui à la fois un moyen de réussite et une consolation. Il s'y livra avec plus d'ardeur que jamais. Dès cinq heures du matin, il se mettait à ses travaux qu'il ne quittait que fort tard. On se rappelle l'activité, l'ordre et le soin qu'il apportait à toutes les affaires ; on se rappelle surtout le talent qu'il y déployait, sa franchise et sa loyauté.

Il préparait ainsi les affaires importantes qu'il devait plaider : il jetait son plan, puis écrivait une grande partie de la discussion. Sa mémoire, longtemps cultivée, était devenue si heureuse, qu'il pouvait déclamer sa plaidoirie telle qu'il l'avait écrite. Sa parole, sans avoir tout le prestige de l'éloquence, n'en était pas moins facile et persuasive. Il plaidait sans passion, avec calme et assurance, avec logique, avec clarté.

Mais c'était surtout dans les consultations écrites que M. Lequien excellait et qu'il se montrait comme son père, jurisconsulte savant et profond ; aussi son cabinet était-il toujours rempli de personnes de toutes les classes qui venaient le consulter.

Le talent, les connaissances et les qualités de l'avocat lui valurent les suffrages de ses collègues et l'estime publique. Il n'avait pas tardé à être classé au premier rang du barreau de Béthune ; il en fut le bâtonnier depuis 1829 jusqu'en 1838, année de sa nomination à des fonctions administratives.

En effet, la confiance dont il jouissait dans son arrondissement et l'influence qu'il y exerçait avaient attiré sur lui l'attention du gouvernement qui le nommait, en 1838, à la Sous-Préfecture de Béthune. Ce n'est pas sans regret que l'avocat échangea sa robe contre l'habit de Sous-Préfet. Il comprenait combien étaient difficiles et périlleuses les fonctions publiques dont il venait d'être investi. Cette élévation, qui s'appuyait sur la vraie considération dont il était l'objet, fut généralement accueillie comme un bienfait. Nul autre que lui ne connaissait d'une manière aussi complète l'arrondissement qu'il était appelé à administrer et ne pouvait y faire plus de bien.

Toutefois les commencements de son administration furent assez pénibles ; la jalousie et l'envie lui suscitèrent des difficultés ; mais il sut bientôt les surmonter et justifia pleinement les espérances que sa nomination avait fait naître partout. Quelque temps après, il recevait la croix de chevalier de la Légion-d'Honneur.

C'est à cette époque, en 1839, que M. Lequien épousa

Mlle Charlotte Ricard, d'Hesdin. De leur mariage sont nés trois enfants, un fils et deux filles.

Le Sous-Préfet qui connaissait déjà si bien son arrondissement, l'étudia de nouveau avec tout l'intérêt qu'il lui inspirait. Il proposa un grand réseau de chemins vicinaux, conception hardie dont l'exécution amena la richesse et le bien-être dans un grand nombre de communes pauvres et délaissées jusqu'alors. L'amélioration et l'entretien des routes furent l'objet constant de ses études et de ses soins.

Placé à la tête d'un arrondissement essentiellement agricole, M. Lequien voulut donner à la culture tous les développements, toutes les améliorations dont elle était susceptible ; il ne cessa de l'encourager par tous les moyens en son pouvoir. Il organisa des commissions et institua le Comice agricole d'Houdain, composé d'hommes instruits et pratiques, à la tête desquels il convient de placer M. Frémeaux, juge-de-paix du canton. Ce Comice rendit d'éminents services en propageant les connaissances agronomiques ; il a amené la constitution de la Société d'agriculture de Béthune, dont on a depuis longtemps apprécié l'importance.

La sollicitude du Sous-Préfet s'étendait à toutes les branches de son administration ; elle était surtout acquise à l'instruction primaire. M. Lequien se plaisait à visiter les écoles communales, à interroger les élèves les plus avancés ou les plus intelligents, méditant alors le livre qu'il devait composer bientôt pour l'éducation de la jeunesse.

Son activité ne se ralentissait pas. Continuant sa vie de travail, on le trouvait à l'œuvre dès cinq heures du matin, ainsi que nous l'avons vu plus haut : il avait terminé sa nombreuse correspondance à neuf heures, quand ses bureaux s'ouvraient. Toujours abordable, il recevait avec bonté ses nombreux visiteurs. Sa seule distraction était une courte promenade. M. Lequien était pour tous les maires un guide sûr, débrouillant sans peine les affaires les plus épineuses et aplanissant ainsi une foule de difficultés.

Malgré ses occupations incessantes, M. Lequien avait encore trouvé le moyen de se livrer à des études historiques : en 1838, il avait publié une *Notice sur la ville de Béthune*. Cet intéressant travail n'a pas la prétention d'être une histoire complète. L'auteur déclare modestement qu'il n'a eu d'autre but que d'offrir quelques notions sur l'origine de Béthune et sur les principaux événements qui s'y sont accomplis. Ces recherches sont divisées en quatre parties.

La première intitulée : *Notions sommaires sur l'Artois*, présente quelques indications sur les anciens habitants de cette contrée,

sur ses divisions géographiques, sur ses péripéties aux différentes
époques de l'Empire romain et du Moyen-Age.

Dans la seconde partie portant pour titre : *Origine de Béthune,
ses établissements*, M. Lequien retrace sommairement l'histoire
de cette ville qui, dès le ixe siècle, est le siége d'une seigneurie
importante comprenant une paroisse.

Dévastée par des incendies en 1137 et en 1176, Béthune se
rétablit progressivement. Au xvie siècle, elle possède des fa-
briques, des corps de métiers et une halle aux draps. L'auteur
décrit ensuite rapidement l'ancien château féodal, les établissements militaires annexés à la ville, les édifices publics, entre
autres la halle échevinale et le beffroi, les églises, notamment
celle de la collégiale de Saint-Barthélemy ; les prieurés de St-Pry
et du Perroy, les couvents d'hommes et de femmes, les deux
hôpitaux, le béguinage, le mont-de-piété, les deux écoles pri-
maires, le collége, dirigé d'abord par les jésuites, puis par les
oratoriens. Il décrit à grands traits l'aspect intérieur et extérieur
de la ville.

La troisième partie a pour titre : *Gouvernement de la ville, ses
Chartes*. Ici M. Lequien signale tour à tour les chartes octroyées
par les princes et les souverains depuis 1210 jusqu'au xvie
siècle ; l'organisation municipale avec les changements qui y
furent apportés à diverses époques, les principales ressources et
les revenus de la ville, leur destination et leur emploi. Il rappelle la juridiction repressive des échevins, investis de la haute,
moyenne et basse justice ; le serment qu'ils prêtaient à leur
entrée en fonctions ; les conditions requises pour jouir du droit
de bourgeoisie. Cette partie se termine par des renseignements
sur les divertissements publics.

La quatrième partie est intitulée : *Événements divers*. L'auteur
y indique d'abord les tremblements de terre qui furent nombreux au xiie siècle. Il décrit les épidémies dont le pays fut
affligé, surtout la peste de 1188 qui donna lieu à la fondation de
la confrérie des charitables de St Eloi. Un magistrat de Béthune
en a rédigé une relation reproduite ici et qui se compose de
quatre chapitres. M. Lequien continue la revue des évènements,
signale les guerres qui eurent plus particulièrement pour théâtre
Béthune et ses environs, depuis la défaite de la comtesse Ri-
childe en 1070 par Robert-le-Frison, jusqu'au xviiie siècle. La
milice bourgeoise eut aussi sa part dans les combats ; elle était
divisée en douze compagnies. Une ordonnance des échevins de
1624 mentionne les positions qu'elle devait occuper en cas d'a-
lerte. Parmi ces positions figure la *Tour du Diable*, au sujet de
laquelle M. Lequien rappelle une légende tragique.

Telle est la notice de M. Lequien. Ajoutons qu'elle se recommande par une précision remarquable et par une grande netteté d'exposition ; qu'elle résume en un petit nombre de pages une multitude de faits recueillis dans les manuscrits, dans les chartes et dans les documents de tous genres. C'est un ouvrage substantiel et plein de curieuses recherches.

La publication de M. Lequien, accueillie partout avec une grande faveur, lui valut l'entrée de plusieurs Sociétés savantes. Ces encouragements imprimèrent une nouvelle ardeur à ses études historiques et archéologiques.

Président de la commission instituée en 1843 pour la conservation des monuments historiques de l'arrondissement de Béthune, le Sous-Préfet s'y fit aussi remarquer par son érudition autant que par son zèle et son activité. Il y lut, en 1845, les travaux suivants: 1° *Rapport sur les Monuments celtiques de l'arrondissement de Béthune*; 2° *Rapports sur les anciennes voies romaines*; 3° *Rapport sur l'origine du patois dans l'arrondissement de Béthune*. Ces recherches, fruit d'études approfondies, sont restées manuscrites ; elles ont été offertes par leur auteur à la Commission des Antiquités départementales qui, depuis 1846, remplace les commissions d'arrondissement.

M. Lequien a aussi dressé une *Carte archéologique de l'arrondissement de Béthune au Moyen-âge*, qu'il a terminée en 1847. Cette carte, faite avec beaucoup de soin, à l'aide de longues investigations et de patientes recherches, et ornée de vues de villes et châteaux, retrace l'état géographique du pays au Moyen-âge, les nombreuses forêts et les vastes marais qui entouraient la Lys et ses affluents. Il y est fait mention des monuments druidiques, des chaussées romaines, des batailles et siéges, des monastères, églises et châteaux. Enfin le nom des villes et villages y est indiqué d'après leur dénomination au Moyen-âge. Il est à regretter que cette précieuse carte, qui est conservée soigneusement dans la famille de l'auteur, n'ait pas encore été imprimée.

Homme d'ordre par excellence, M. Lequien exerçait partout la surveillance la plus active. Quand les circonstances l'exigeaient, il savait se montrer ferme et énergique. En 1847, un bateau chargé de farine qui passait à Cuinchy, sur le canal d'Aire à La Bassée, y était pillé par les habitants de six communes environronnantes: informé de cet événement, le Sous-Préfet se rend en toute hâte sur les lieux, accompagné de quelques gendarmes ; par son attitude ferme et par ses exhortations bienveillantes, il parvient à calmer l'effervescence des populations accourues de toutes parts et à faire opérer soixante arrestations. Peu de mois après M. Lequien était nommé officier de la Légion-d'Honneur.

Cependant un grand changement devait s'opérer dans la carrière de celui dont nous racontons la vie.

La Révolution de 1848 venait d'éclater; le fameux banquet d'Annezin en avait été dans nos contrées le signe avant-coureur. Le Sous-Préfet savait que, dans un nouveau gouvernement, il faut des hommes nouveaux; il donna sa démission sans l'attendre, tout en restant à son poste et en continuant ses fonctions jusqu'à la nomination de son successeur.

Sans doute, M. Lequien éprouvait une peine bien vive en voyant sa carrière administrative si tôt rompue; mais il prit courageusement son parti. Comme sa présence aurait pu gêner l'action du nouveau Sous-Préfet, il quitta Béthune, où il comptait tant d'amis, et se retira à Douai pour y suivre l'éducation de ses enfants. Il emportait du moins, dans sa retraite, la reconnaissance de l'arrondissement et la douce satisfaction du bien qu'il y avait fait.

A peine installé dans sa nouvelle demeure, l'homme laborieux avait retrouvé ses habitudes d'ordre et de travail. Il continua ses recherches historiques pour un *Album archéologique de l'arrondissement de Béthune*, œuvre considérable pour laquelle il avait fait prendre divers plans et de nombreux dessins, mais qu'il n'eut pas le temps de terminer (1).

Il serait à désirer que la famille d'un homme qui a laissé tant de précieux souvenirs dans cet arrondissement, rendît sa mémoire encore plus chère et plus durable par la publication de ce travail important. Si l'entreprise paraissait trop difficile, nous ne doutons pas que la Commission des Antiquités départementales du Pas-de-Calais, qui comptait M. Lequien parmi ses membres les plus dévoués et les plus érudits, ne soit heureuse d'enrichir la *Statistique monumentale du département* des parties achevées de cette œuvre remarquable.

M. Lequien avait été frappé de l'insuffisance des abrégés de l'Histoire de France destinés à l'éducation de la jeunesse. Il conçut le projet d'écrire un résumé de cette histoire qui fût d'une étude plus facile et plus attrayante à la fois et qui se dis-

(1) Ce précieux Recueil est divisé de la manière suivante : Cartes archéologiques, topographiques et routières de l'arrondissement. Ère gallique : Pierres druidiques de Fresnicourt, armes et monnaies gauloises. Ère gallo-romaine : Voies, tombeaux, poteries et armes. Ère franque : Armes et bijoux. Moyen-âge : 1° Tombeaux et bas-reliefs, plans, détails et ornements de l'église de Lillers, église de Verquin, portail de celle de Vermelles, galet de Gauchin; 2° Château de Rombly, ruines de celui de Liettres, tombeaux et sceaux; 3° Vue, portail et détail de l'église de Guarbecque; 4° Tombeau d'Hubert de Ranchicourt; 5° Ruines du château du Blessel; tombeaux et monnaies flamandes; 6° Église de La Couture et sa corniche extérieure, en six planches, corniche de celle de Richebourg et vitraux du Locon. Renaissance : Tour et détails de l'église de Lambres. Époque moderne : Plans d'églises et châteaux, cartes et dessins divers.

tinguât en même temps par la méthode, la précision et la clarté. Il se prépara à ce travail par l'étude de nos chroniqueurs et de nos principaux écrivains. Les événements politiques lui firent abandonner ce projet.

Il eût probablement donné à l'enseignement élémentaire un livre utile et bien fait, car déjà il avait parfaitement réussi dans un autre ouvrage qu'il composa dans un but analogue et qui est fort remarquable.

Cet ouvrage a été imprimé à Douai en 1849. C'est un in-8° de près de cent pages, intitulé : *Manuel de l'enseignement de la lecture* ou *Principes de lecture*, à l'usage des instituteurs et des institutrices. Avec un titre aussi modeste, on ne s'attendait pas à voir l'auteur analyser, disséquer, raisonner tous les sons de notre langue et trouver les règles les plus claires, les plus précises, pour la lecture si difficile du Français. Ce livre donne sur toute cette matière obscure des notions d'une lucidité extraordinaire. Dans ses trois chapitres sur les lettres, les syllabes et les mots, on trouve non seulement les règles de la prononciation, mais aussi bien souvent les raisons de l'orthographe et de l'étymologie. M. Lequien avait évidemment l'esprit d'observation à un haut degré et le talent qui consiste à bien exposer des vérités pratiques ; c'est une raison de plus pour regretter qu'il n'ait pu exécuter son projet d'un semblable travail pour notre histoire.

Dès le 8 décembre, M. Lequien avait été accueilli comme membre résidant par la Société d'Agriculture, Sciences et Arts du département du Nord, séant à Douai ; il y fit partie de la Commission des Sciences morales et historiques.

C'est en cette qualité qu'il donna communication d'un Mémoire, encore inédit, sur les origines des populations de la France. Il fit aussi des Rapports sur une Lettre de Jacques de Vitry, évêque de St-Jean-d'Acre, cardinal et légat du Pape, et sur une Notice de M. Cappelle, relative à l'image de Notre-Dame-de-Grâce de Cambrai.

L'ancien fonctionnaire avait trouvé les plus douces consolations dans sa famille et dans l'étude. Il se préoccupait peu des évènements politiques qui se succédaient si sombres et si menaçants ; il avait foi dans l'avenir ; il espérait le retour prochain du calme et de la confiance. Ce qui est digne de remarque, c'est que, dans ce temps d'agitation sociale, les hommes du pouvoir rendaient hommage au mérite et à la loyauté de l'ancien administrateur : c'est ainsi que M. Odilon Barrot, alors Ministre, lui offrit une Préfecture importante.

Déjà, en août 1848, M. Lequien avait été appelé par le canton d'Houdain à faire partie du Conseil général du Pas-de-Calais. Pendant trois ans, il y apporta les fruits de toute sa carrière d'avocat et d'administrateur, fit de nombreux rapports, notamment sur l'organisation communale, cantonale et départementale et sur les impôts; prit une part active à toutes les discussions et traita, avec autant de talent que de succès, toutes les questions, quelque difficiles qu'elles fussent. Il faut parcourir les procès-verbaux des séances pour se faire une idée de la prodigieuse facilité, de la vaste intelligence et de la profonde sagesse de l'éminent conseiller général.

Il serait trop long de rappeler ici les améliorations dues à son initiative, à ses lumières et à son zèle. Nous ne saurions cependant omettre de dire que, frappé de l'élévation du contingent assigné au département du Pas-de-Calais dans le fonds commun, il présenta, pendant plusieurs sessions, les observations les plus approfondies sur cette grave matière; qu'il les fit appuyer par le Conseil et enfin accueillir par le Gouvernement.

La nomination de M. Lequien au Conseil général devait être un acheminement à de plus hautes fonctions. Répondant aux instances de ses anciens administrés, qui n'avaient point oublié ses nombreux services, l'ancien Sous-Préfet s'était porté, en 1849, candidat à l'Assemblée législative, Il obtint des électeurs du Pas-de-Calais 78,019 suffrages et fut proclamé représentant.

Le député se fit aussitôt remarquer par sa politique conciliante autant que par ses vues sages et libérales; aussi se lia-t-il bientôt avec les hommes les plus distingués de la Chambre qui devaient profiter de ses études et de ses lumières. Il consacra tout son temps aux affaires publiques : travailleur infatigable, de jugement aussi sûr que de science profonde, il fit partie de diverses commissions où il traita toutes les questions avec une incontestable supériorité. -

Dans les trois sessions de cette législature, il fit de nombreux rapports sur des projets de loi concernant des modifications aux réglements de l'Assemblée nationale, la cour des comptes, des délimitations de la zone frontière, la translation d'Abd-el-Kader, la police du commerce des vins, l'abolition des octrois et le moyen d'y suppléer, l'impôt des forêts de l'Etat et des mesures financières.

En outre, le laborieux député présentait à la Chambre des amendements sur le budget, objet constant de ses études, sur l'administration intérieure, sur le régime commercial de l'Algérie, sur les priviléges et hypothèques, sur les ventes publiques de fruits et récoltes pendants par racines.

Il soumettait encore à la même Assemblée une proposition sur le système financier des départements et des communes, un contre-projet de loi sur les contributions directes, enfin des dispositions additionnelles sur la loi des finances.

Ces divers travaux se font tous remarquer par les solides qualités qui constituent le caractère véritable et tout pratique du
talent de M. Lequien. On y constate la connaissance sérieuse de
la matière, une grande clarté d'exposition, une logique inatta-
quable. On est étonné qu'un seul homme ait pu mener à fin tant
de travaux ; mais son activité était si grande et son esprit d'ordre
si parfait qu'il savait trouver le temps nécessaire à toute chose.
Il répondait le jour même à toutes les lettres qu'il recevait, et
dans son ardent désir d'être utile, il se chargeait de nombreuses
démarches.

Comme il l'a écrit lui-même, il n'a jamais été un homme de
parti; toujours il a eu pour principes, dans les questions so-
ciales, l'inviolabilité des bases de la société ; dans les questions
politiques, la nécessité de soutenir, de fortifier l'autorité; dans
les questions financières, la régularité et l'économie.

Lorsqu'en 1851, arriva la journée du 2 décembre, annonçant
une ère nouvelle qui devait mener à l'Empire, M. Lequien ac-
cepta sans hésitation le nouvel ordre de choses dans lequel il
entrevoyait la grandeur et la prospérité de la France. Quelques
mois plus tard, il était réélu député du Pas-de-Calais, à une
immense majorité. C'était une douce récompense de la sagesse
de sa conduite politique, du talent qu'il avait déployé, des services qu'il avait rendus.

Il reprit au Corps législatif ses travaux habituels avec une nouvelle ardeur qui devait abréger sa vie. Membre de nombreuses
commissions, il y apporta sa large part de lumières et d'études; il
présenta des rapports remarquables sur des projets de loi relatifs
aux crédits supplémentaires et aux règlements des budgets.

Ses études financières surtout lui avaient acquis à la Chambre
une autorité considérable; aussi ses collègues l'ont-il appelé,
pendant cinq années consécutives, à la présidence de la commission du budget, l'une des positions les plus importantes et
les plus hautes auxquelles on puisse s'élever. Dans ces matières
son ascendant sur ses collègues était tel et ses connaissances spéciales étaient si bien appréciées, qu'en présidant la commission,
il faisait, pour ainsi dire, un cours de budget dans lequel les
ministres eux-mêmes puisaient des enseignements aussi néces-
saires que profitables. L'Empereur, qui l'honorait d'une estime
toute particulière, aimait à s'entretenir avec lui des graves questions financières qui le préoccupaient.

En 1857, M. Lequien était élu, pour la troisième fois, député
du Pas-de-Calais ; quoiqu'il eût été sans concurrent, il avait
obtenu un nombre considérable de suffrages, nouveau témoi-
gnage bien flatteur de la confiance et de la reconnaissance publiques. C'est avec bonheur que la chambre vit revenir l'hono-

rable député qui s'était acquis les sympathies les plus vives et jouissait d'une considération si profonde.

M. Lequien continua de déployer la même activité et de justifier le titre de premier piocheur de la Chambre, que ses collègues se plaisaient à lui donner. Il fit de nombreux rapports et s'occupa des questions financières avec une supériorité toujours croissante.

Il trouva encore le temps de publier, de 1858 à 1861, dans la *Revue contemporaine*, plusieurs études d'une haute importance et d'une grande valeur, notamment : 1° *De l'Amortissement et de son rôle dans les finances de l'Etat* ; 2° *la Caisse d'amortissement, son passé, son avenir* ; 3° *la situation financière de l'Autriche et son influence sur la question italienne* ; 4° *les finances de la France depuis 1789*, travail considérable dont l'auteur a donné trois parties et qui est resté inachevé ; 5° *les besoins et les ressources de la France, d'après le budget de* 1862.

Les études spéciales et approfondies de M. Lequien, sa longue expérience des affaires publiques, son caractère droit et intègre, son activité prodigieuse, ses travaux estimés, ses cinq présidences de la commission du budget, tout le désignait au choix de l'Empereur pour une place importante à la Cour des comptes. L'honorable député y fut appelé, le 22 août 1862, comme conseiller-maître. Sa nomination fut accueillie partout ; c'était en effet la juste récompense d'une longue et honorable carrière.

Les excès de travail de M. Lequien et ses veilles prolongées avaient gravement altéré sa santé qui déjà, depuis quelque temps, était chancelante et inspirait de vives inquiétudes. Quoiqu'il fût souffrant, il suivit avec assiduité, sans fatigue trop apparente, les longues séances de ce corps composé de tant d'hommes distingués ; il y fournit sa large part de travail et de science et se fit remarquer par les qualités les plus solides.

Mais cette existence si bien remplie devait, hélas! avoir bientôt un terme. Entraîné par son excessive ardeur pour le travail, l'infatigable fonctionnaire s'était aperçu trop tard qu'il avait épuisé sa vie dans un labeur au-dessus des forces humaines. Il tomba malade et fut bientôt dans un état désespéré ; malgré des souffrances aiguës, il conserva la plénitude de ses facultés intellectuelles jusqu'à son dernier soupir. Il reçut avec bonheur les secours de la religion, entouré d'une épouse chérie, de ses trois enfants qu'il aimait tant et d'amis dévoués, il rendit son âme à Dieu le 22 mars 1862.

Tous nous ressentons cette perte immense, tous nous pleurons notre éminent collègue.

M. Félix Lequien fut un de ces hommes que la société honore de ses plus hautes distinctions, et qui ne doivent leur éminente position qu'à leurs efforts persévérants et opiniâtres.

Au sein d'une famille recommandable par son honorabilité héréditaire, il puisa de bonne heure le goût de l'étude et du travail. Une constante application vint développer les facultés spéciales dont il était doué. Jeune encore, il eut le malheur d'être privé de ses protecteurs naturels, mais il n'en poursuivit sa carrière que plus résolument. Quand des événements surgirent qui entravèrent sa marche, s'il se détourna d'un présent qui l'inquiétait, il eut foi dans l'avenir. Son espérance ne fut point déçue ; le but qu'il s'est proposé est atteint, mais le terme de ses vœux est aussi celui de son existence. Parvenu au poste qu'il avait ambitionné, il tombe de fatigue et d'épuisement, avant d'avoir joui de la récompense qu'il devait à une vie consacrée tout entière au travail.

LISTE DES TRAVAUX HISTORIQUES,

ARCHÉOLOGIQUES,

ADMINISTRATIFS ET LÉGISLATIFS

DE

M. FÉLIX LEQUIEN.

1.—1838. Notice sur la ville de Béthune.

2.—1844. Supplément au Bulletin n° 4, publié par la Société centrale d'agriculture et d'horticulture de l'arrondissement de Béthune.

3.—1845. Rapport sur les monuments celtiques de l'arrondissement de Béthune. Cahier ms. de 16 pages.

4.—1845. Rapports sur les anciennes voies romaines. Cahier ms. de 24 pages.

5.—1845. Rapport sur l'origine du patois dans l'arrondissement de Béthune. Cahier ms. de 59 pages.

6.—1847. Carte archéologique de l'arrondissement de Béthune au moyen-âge. Ms.

7.—1848. Album archéologique de l'arrondissement de Béthune. (Recueil de dessins et notes manuscrites.)

8.—1849. Contre-projet de loi proposé à titre d'amendement sur les contributions directes et les services, tant départementaux que communaux de l'exercice de 1850.

20.—1850. Rapport fait au nom de la 11ᵉ commission d'initiative parlementaire, sur la proposition de M. de Castillon, relative aux primes à accorder à l'exportation des vins, eaux-de-vie, esprits et liqueurs alcooliques récoltés et fabriqués en France.

21.—1850. Rapport fait au nom de la commission chargée de l'examen de diverses propositions tendant à modifier les articles 75, 90, 91 et 117 du réglement de l'Assemblée nationale.

22.—1850. Rapport fait au nom de la 12ᵉ commission d'initiative parlementaire, sur la proposition de M. le général Fabvier, relative à la translation d'Abd-el-Kader à Alexandrie ou à Saint-Jean-d'Acre.

23.—1850. Rapport fait au nom de la 12ᵉ commission d'initiative parlementaire, sur les propositions de MM. Gustave de Girard et Michaut (Meurthe), de Douhet Andren de Kerdrel (Ille-et-Vilaine), Base et Amable Dubois, tendant à modifier diverses dispositions du réglement de l'Assemblée.

24.—1850. Rapport fait au nom de la commission chargée d'examiner les propositions faites l'une par MM. de Tinguy, Démarest et Tron, l'autre par les représentants du Pas-de-Calais, et tendant à autoriser la réunion extraordinaire des conseils généraux.

25.—1850. Rapport fait au nom de la 12ᵉ commission d'initiative parlementaire, sur la proposition de M. Pougeard, tendant à changer, pendant la durée de la prorogation, les dispositions actuelles de la salle des séances de l'Assemblée.

26.—1850. Rapport fait au nom de la commission d'initiative parlementaire, sur la proposition de M. Rochut, relative aux maladies contagieuses des animaux domestiques.

27.—1850. Rapport fait au nom de la 14ᵉ commission d'initiative parlementaire, sur la proposition de M. Huguenin, tendant à l'abrogation des dispositions législatives qui soumettent les communes et les établissements publics à la retenue du vingtième de leurs revenus et produits forestiers, à titre d'indemnité envers l'Etat des frais de régie et d'administration de leurs bois.

28.—1850. Rapport fait au nom de la 3ᵉ commission d'initiative parlementaire, sur la proposition de M. de Vaujuas, tendant à modifier l'article 50 du réglement.

43.—1853. Rapport fait au nom de la commission chargée d'examiner le projet de loi relatif au règlement définitif du budget de l'excrcice 1850.

44.—1853. Rapport fait au nom de la commission chargée d'examiner le projet de loi relatif aux crédits supplémentaires et extraordinaires de l'exercice 1852 et des exercices clos et périmés.

45.—1853. Rapport fait au nom de la commission chargée de l'examen du projet de loi relatif à un emprunt et à diverses impositions par le Pas-de-Calais.

46.—1854. Rapport fait au nom de la commission chargée d'examiner le projet de loi portant demande par divers ministères, de crédits additionnels pour dépenses des exercices clos et périmés.

47.—1854. Rapport fait au nom de la commission chargée d'examiner le projet de loi portant réglement définitif du budget de l'exercice 1851.

48.—1855. Rapport fait au nom de la commission chargée d'examiner le projet de loi ayant pour objet d'autoriser une imposition extraordinaire pour le département de la Seine.

49.—1856. Rapport fait au nom de la commission chargée d'examiner le projet de loi portant réglement définitif du budget de l'exercice 1853.

50.—1856. Du libre-échange et des prohibitions douanières (Volume de 343 pages).

51.—1857. Rapport fait au nom de la commission chargée d'examiner le projet de loi portant réglement définitif du budget de l'exercice 1854.

52.—1857. Rapport fait au nom de la commission chargée de l'examen de deux projets de lois ayant pour objet d'approuver : le premier, les articles 1, 2, 6, 12 et 17 de la convention passée le 11 avril 1857, entre le Ministre des travaux publics et la compagnie du chemin de fer de Paris à Orléans; le second, les articles 2, 10, 12 et 18 de la convention passée le même jour, entre le Ministre des travaux publics et la compagnie des chemins de fer de Paris à Lyon et de Lyon à la Méditerranée.

53.—1857. Rapport sur la question de la transformation de l'impôt des portes et fenêtres.

54.—1857. Rapport de la commission spéciale chargée de l'examen du projet de loi relatif à l'organisation communale, cantonale et départementale.

55.—1857. Des charges fiscales de la propriété foncière (*Revue contemporaine* du 15 mars 1857).

56.—1858. Rapport fait au nom de la commission chargée de l'examen du projet de loi portant réglement définitif du budget de l'exercice 1855.

57.—1858. Rapport fait au Corps législatif par la commission de surveillance de la caisse d'amortissement et de la caisse des dépôts et consignations sur les opérations de l'année 1857 et sur la situation de ces deux établissements.

58.—1858. De l'amortissement et de son rôle dans les finances de l'Etat (*Revue contemporaine.*)

59.—1859. La caisse d'amortissement : son passé, son avenir. (*Revue contemporaine.*)

60.—1859. La situation financière de l'Autriche et son influence sur la question italienne (Même recueil.)

61.—1859-60. Les finances de la France depuis 1789 (Même recueil.)

62.—1861. Les besoins et les ressources de la France, d'après le budget de 1862 (Même recueil.)

63.—1862. Le nouveau régime financier de la France.

www.ingramcontent.com/pod-product-compliance
Lightning Source LLC
Chambersburg PA
CBHW061748180626
46818CB00006B/2803